CHANTILLY

Hommage à Son Altesse Royale

MONSEIGNEUR

Henri-Eugène-Philippe-Louis d'ORLÉANS

DUC D'AUMALE

MEMBRE DE L'ACADÉMIE FRANÇAISE

GÉNÉRAL DE DIVISION

ET A

Messieurs les Membres de l'Institut de France

TOURS

IMPRIMÉ PAR E. MAZEREAU

13, rue Richelieu, 13

M DCCC LXXXVIII

CHANTILLY

Hommage à Son Altesse Royale

MONSEIGNEUR

HENRI-EUGÈNE-PHILIPPE-LOUIS D'ORLÉANS

DUC D'AUMALE

MEMBRE DE L'ACADÉMIE FRANÇAISE

GÉNÉRAL DE DIVISION

ET A

Messieurs les Membres de l'Institut de France

TOURS
IMPRIMÉ PAR E. MAZEREAU
13, rue Richelieu, 13

M DCCC LXXXVIII.

CHANTILLY

I

Dix siècles ont passé, jours d'orgueil et de gloire,
De tristesse ou de deuil, d'amer délaissement,
Sur ton front qui vieillit, où se lit ton histoire,
Et de ce lourd fardeau tu n'as pas le tourment.

Debout, majestueux, tu traverses les âges,
Rien ne peut obscurcir l'éclat de ta beauté,
Tu renais au milieu des longues nuits d'orages
Où du sol s'engloutit ta noble vétusté.

Montmorency, Condé, deux noms impérissables,
S'attachent tour à tour au hameau qui grandit ;
Séjour aimé des rois, de princes tout aimables,
Chantilly se leva, son nom se répandit.

Mais que sont devenus ces manoirs gigantesques,
Ces châteaux si fameux, la terreur des truands,
Elevés d'âge en âge en ces lieux pittoresques,
Orgueil de nos aïeux, enviés par les grands ?

La révolution, au souffle sanguinaire,
En un jour, a détruit et manoir et château,
L'infâme bande noire, à l'esprit mercenaire,
Voulut en arracher jusqu'au dernier fronteau.

Hélas ! c'en était fait de leur magnificence,
Le marteau destructeur abattit sans raison.
Un jour il s'arrêta, las de son impudence,
Devant une ruine, un reste de maison.

Le passant attardé fuyait cette demeure,
Refuge du hibou caché dans ses débris,
Du proscrit fugitif, attendant là qu'il meure,
Dépouillé de ses biens par ceux qu'il a nourris.

Vicissitude humaine, ô voilà ta misère !
Comprends-tu qu'ici-bas tout conduit au néant,
L'homme ne produit plus que toute œuvre éphémère
Qu'il élève avec peine et brise en maugréant !

Là, se voyait jadis, dans cette solitude,
Et châteaux et palais qui regardaient le ciel,
Le peuple, de leurs murs n'avait d'inquiétude,
L'abeille avec amour y déposait son miel.

La Terreur jette bas, sur son hideux passage,
Ces monuments princiers dignes de tout respect ;
Détruire sans profit, pour assouvir sa rage,
Tel est son triste but ; tout tremble à son aspect.

Quel dut être l'effroi de ce Prince estimable,
Quand, sous Napoléon, un jour, incognito,
Du domaine des siens, en état déplorable,
Il put voir le ravage et pleurer le veto.

Une main s'opposait, dont la toute-puissance
Fit trembler tous les rois, à son relèvement.
Un vertige inconnu, qui frappait d'impuissance,
Défendait du château le rétablissement.

Quelle sombre tristesse a dû voiler son âme ?
Les portes du palais closes comme un tombeau,
La toiture enfoncée, où flottait l'oriflamme,
Où jacassait la pie et parlait le corbeau.

Les fenêtres sans arc présentaient leur squelette,
Quelques pans de piliers seuls se tenaient debout,
La ronce et le lierre, où chantait la fauvette,
Cachaient le monument et se montraient partout.

Le vent qui circulait à travers ces ruines,
Léchait en soupirant ces murs toujours déserts,
Et parfois, dans la nuit, roulant sur les courtines,
Il formait en sifflant de funèbres concerts.

Salut, débris sacrés, vestiges d'un autre âge !
A vos pieds vient pleurer celui qui vous aimait,
Des Condé, c'est le fils, il subit votre outrage,
Du moins son désespoir près de vous se calmait.

L'exil l'enchaîne au loin sur la rive étrangère,
La royauté proscrite est aux mains d'un César ;
L'Empire va tomber : l'aigle puissant naguère
Traîne avec majesté le trépas sur son char.

Quel silence imposant règne sur ce domaine
Témoin de la grandeur du cycle de Condé !
Ombre chère à ces lieux ! Une rage inhumaine
A détruit ce palais que nul n'avait frondé.

Le Nôtre, apparaissez, Boileau, le doux Racine,
Bossuet, Bourdaloue, et noble Sévigné,
Princes, grands souverains, gracieuse Dauphine,
Molière, venez tous, mais le cœur résigné.

Pourquoi fuir la retraite où tant de jours de gloire
Ont brillé sur vos fronts qui dérobaient les ans ?
A votre souvenir nous redira l'histoire.
Ce lieu fut relevé par un fils d'Orléans.

II

L'Empire s'écroulait renié par la France,
La guerre avait brisé les esprits et les cœurs,
Les Prussiens triomphants, dans leur lâche arrogance,
Se gorgeaient de notre or, de sang, et de nos pleurs.

Paris se débattait dans sa lente agonie,
Le feu, le froid, la faim, la mort nous décimaient,
Sombre époque de deuil, d'injuste tyrannie,
Qui vit s'entretuer des frères qui s'aimaient.

Quittant leur triste exil pour essuyer nos larmes,
Les princes d'Orléans souffrirent avec nous ;
Dans nos sanglants revers, on les vit, sous les armes,
Disputer de valeur, frappant dessus dessous.

Le ciel sur la patrie exerçait sa vengeance,
Un souffle empoisonné semait partout la mort.
C'est un fils d'Orléans qui montre l'espérance
Au pauvre moribond, et pleure sur son sort.

Le malheureux qui souffre a vu, dans sa détresse,
Une main secourable adoucir ses tourments.
L'or des princes de France est réduit en largesse,
A toute heure du jour, en vivres, vêtements.

Enfin, de Chantilly revenons sur la trace.
Héritier des Condé, son noble possesseur,
Prince, soldat, esprit plein de verve et d'audace
Héros de Goudjilabil parle à notre cœur.

Du château de Condé relevant la mémoire,
Dans sa magnificence il paraît à nos yeux.
Pénétrons, en ce jour où tout parle de gloire,
Au palais qui redit que furent nos aïeux.

L'œil contemple en extase et le cœur en silence
Çes toiles, ces bijoux, ces marbres, ces métaux,
Ces tombes des Condés qui, dans leur éloquence,
Font fléchir le genoux devant leurs panonceaux.

Du petit Châtelet, je conserve l'image,
Là, tout retrace encor Condé, le grand vainqueur ;
De Rocroy vous lisez l'attendrissante page,
Tout vous parle de lui, tout fait battre le cœur.

Le lettré, le savant, soldat ou statuaire,
Les amis du travail, ont là leur rendez-vous ;
L'aigle qui plane aux cieux peut y bâtir son aire,
Rongeurs et vermisseaux trouver leurs petits trous.

Le poète s'inspire en cette vaste enceinte,
Où l'on a réunis nos plus grands souvenirs,
Où des temps reculés se retrouve l'empreinte,
Et lui fait éprouver le plus doux des plaisirs.

Mais au bruit de ces eaux qui murmurent sans cesse,
Près des rochers vieillis baignant leurs pieds moussus,
Dans ce parc toujours frais, riant, plein de jeunesse,
Le poète a pleuré sur ceux qui ne sont plus.

Sur sa face attristée il essuya ses larmes,
Dans la forêt voisine il partit lentement,   [d'armes
Sous un chêne il s'assit, songeant aux beaux faits
Du Prince dont ces lieux pleurent l'éloignement.

Le vent du soir gémit à travers le feuillage ;
Les rameaux desséchés tombent sur le chemin ;
Un silence de mort plane sur ce rivage :
Chantilly désormais n'est plus qu'un orphelin.

Dans son lointain exil, ce Prince, ce bon père
Pense aux pays natal qu'il ne peut oublier.
L'abandon de ses biens, la France en sera fière,
Prouve à tous son amour. Qui pourra le nier ?

Si notre époque, hélas ! lui refuse justice,
Ses bienfaits parleront ; ce sera le remords.
Mais non, de son retour qu'elle soit spectatrice,
Honneur au noble Prince, aux siens qui sont dehors !

Français, avez-vous lu cette page émouvante
Où du Prince français apparaît le grand cœur,
A vos foyers, le soir, qu'une voix innocente
Lise aux nombreux amis ce vœu du testateur :

TESTAMENT

DE

Monseigneur le Duc d'AUMALE

Désirant conserver à la France, ma mère,
Le fonds de Chantilly dans son intégrité,
Ses pelouses, ses bois, en leur état prospère,
Ses bâtiments, ses eaux en leur limpidité,
Tous objets d'arts, tableaux, des armes précieuses,
Livres, d'éditions princeps ou luxueuses,
Cet ensemble qui forme un monument complet,
Étendu, varié, donnant un pur reflet
De l'art national dans ses branches diverses,
De la France montrant les gloires, les traverses,
Ce jour, j'ai résolu d'en donner le dépôt
Aux mains d'un corps illustre et digne de ce lot.

Corps, qui m'a fait l'honneur, et pour un double titre,
D'arrêter sur mon nom dans son loyal arbitre,
Un choix dont je suis fier, m'appelant dans son sein ;
Et qui, sans échapper aux nobles influences,

Aux transformations, leur donne un juste frein,
Se soustrait cependant aux tristes divergences,
Aux secousses des jours, dont la commotion
Met souvent en péril et peuple et nation ;
Conserve avec fierté sa franchise première,
Et de la politique évite l'étrivière ;
Auguste indépendance assurant son maintien,
Sa force dans les temps et lui permet le bien.
Pour ce, je donne et lègue à l'Institut de France,
Dont il disposera suivant mes volontés,
Chantilly, son domaine et son appartenance
Tels qu'au jour de ma mort seront ces lieux cités.
Je ne réserve rien : les œuvres artistiques
Et la bibliothèque et celles historiques,
Meubles, collections, marbres, bronzes, le tout,
Que j'ai formé moi-même en consultant le goût.
Le présent legs est fait à charge au légataire
De conserver à tout son grave caractère,
De n'apporter jamais un autre changement
Que celui fait par moi dans chaque monument.
Le pavillon d'Enghien et celui de Sylvie,
Jeu de paume et château, doivent rester à vie.
Leur petite chapelle, en vénération,
Toujours conservera la destination

Que je leur attribue : et dès cette heure même,
Telle est ma volonté, ma volonté suprême.
Mais celle du château, seule au culte divin,
Riche d'objets pieux, belle comme un écrin,
Témoignera que fut ma volonté dernière :
Que là mon cœur repose au lieu de la prière,
Près des cœurs des Condés qui sont là recueillis,
En paix je dormirai gardé par le pays.
La messe aux jours de fête, aux grands anniversaires,
Avec exactitude et ponctualité,
Par les ordres donnés de pieux mandataires,
Y sera célébrée avec solennité.
Des fluctuations, souvent fort inhumaines,
Voulant sauver jardins, rivières et fontaines,
Les parcs, canaux, étangs, et ces belles forêts,
Je veux qu'aux changements ils ne soient point sujets,
Mais bien entretenus en père de famille ;
Qu'à leur aspect chacun dise : ici l'ordre brille.
Ces devoirs acquittés que fera l'Institut ?
Intérêts, capitaux, serviront à ce but :
Entretien du domaine et de ses dépendances,
Conserver avec soin toutes collections,
Augmenter le trésor des arts et des sciences,
Compléter sans changer les acquisitions,

Créer pour le malheur, l'indigence ou misère
Des lettrés, des savants, du mérite incompris,
De bonnes pensions que tout talent espère ;
Pour les encourager fonder de nombreux prix.
Je veux qu'aux travailleurs soit toujours un asile,
Ce palais mon orgueil, ma seule vanité ;
L'ombre du grand Condé dans ce temps difficile
Doit rallier les cœurs par la fraternité.

Eugène LEFRANC.

Abbeville, ce 5 avril 1888.

Tours. — Imp. E. Mazereau.

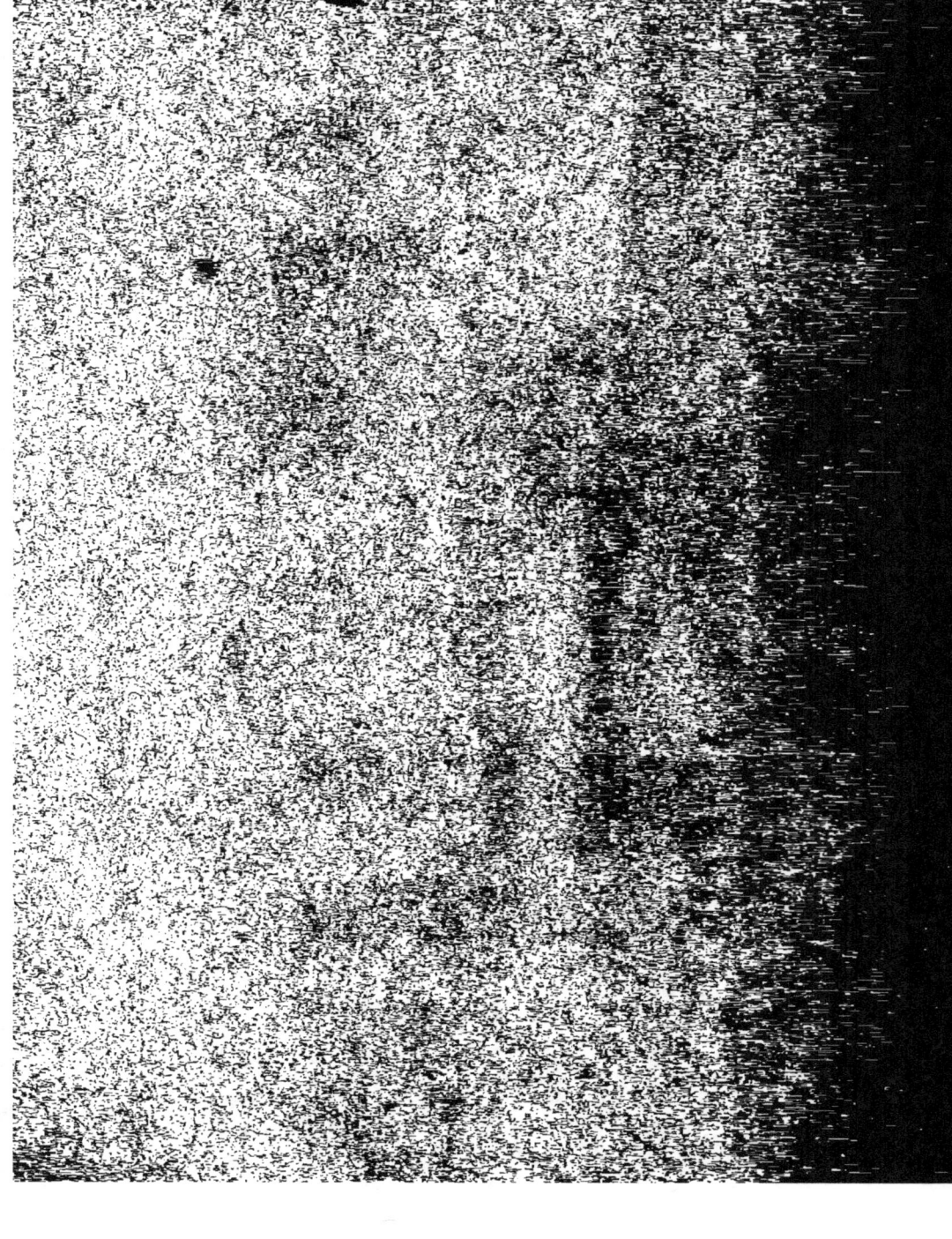

www.ingramcontent.com/pod-product-compliance
Lightning Source LLC
Chambersburg PA
CBHW061523170626
46811CB00004B/1817